Basil in Blunderland

Basil Hume

BASIL IN BLUNDERLAND

Erkenntnisse eines Mönchs
beim Verstecken-Spielen

Mit Illustrationen von
Sarah John

VERLAG NEUE STADT
MÜNCHEN · ZÜRICH · WIEN

Ein Buch aus der Reihe
SAATKÖRNER

Titel der englischen Originalausgabe:
Basil in Blunderland, (Darton, Longman & Todd)
London 1997 (© Basil Hume)

Übertragung aus dem Englischen: Gudrun Griesmayr

Die Deutsche Bibliothek – CIP-Einheitsaufnahme:
Ein Titeldatensatz für diese Publikation ist bei
Der Deutschen Bibliothek erhältlich.

2002, 1. Auflage
© Alle Rechte der deutschsprachigen Ausgabe bei
Verlag Neue Stadt GmbH, München
Umschlaggestaltung und Satz: Neue-Stadt-Graphik
Zeichnungen: Sarah John
Druck: Memminger MedienCentrum, Memmingen
ISBN 3-87996-565-X

Inhalt

Vorwort 7

Die Speisekammer 13
Die Standuhr 19
Das Telefon 24
Der Fernseher 28
Das Treppenhaus 34
Unter dem Klavier 38
Das Fenster 45
Das Feuer 50
Die Abstellkammer 56
Die Küche 60
Intermezzo 67
Der Nebel 74
Der Arzneischrank 78
Der Tod 83

Epilog 89

Vorwort

*B**asil in Blunderland* ist zweifellos ein seltsamer Buchtitel, den ich erläutern muss. Seine Geschichte beginnt vor vielen Jahren. Damals kamen längere Zeit regelmäßig junge Leute zu einem „Grundkurs im Glauben" zu mir ins Bischofshaus. Manchmal waren es sechzig oder mehr, darunter viele Teenager. Einige waren sehr aufgeweckt, aber keiner hätte behauptet, er wäre besonders gescheit. Wir nannten diese Abende „Theologie der Elf-Minus". Auch das muss ich erklären. Damals gab es in unseren Schulen ein Examen namens „Elf-Plus". Wer diese Prüfung bestand, kam auf die Schule für die klugen Köpfe. Alle anderen blieben auf der Schule für die weniger Klugen – aber natürlich waren sie genauso viel wert wie die anderen.

Meine Ausführungen über den Glauben waren also für die so genannte „Elf-Minus" bestimmt, und jeder wusste, wer damit gemeint war ... Alle anderen hatten bei uns nichts verloren ... Wenn wir zusammenkamen, besprachen wir wichtige Fragen des Glaubens, aber ohne schwierige, hochtheologische und abstrakte Gedankengänge anzustellen. Unsere Gespräche waren einfach, konkret und – interessant, so interessant und schön, wie es eben ist, wenn man gemeinsam Gott und seine Welt entdeckt.

Einmal fuhr ich mit einer gut bekannten Familie nach Schottland in Urlaub. Dort baten mich eines Tages die Kinder, mit ihnen Verstecken zu spielen. Grundsätzlich war dagegen nichts einzuwenden. Hier aber hatte die Sache einen Haken. Als Mönch war ich verpflichtet zu einer halben Stunde Meditation am Tag. Und an jenem Tag hatte ich meine Meditation noch nicht gehalten. Wie sollte ich dieses Problem lösen? Die Antwort fand ich beim Versteckspielen. Die einzelnen Verstecke hatten mir nämlich immer einen Impuls zum Nachdenken über das geistliche Leben gegeben. Und daraus speisten sich dann meine Ausführungen für die „Elf-Minus".

Als später das „Elf-Plus"-Examen fast überall im Land abgeschafft wurde, musste ich mir einen anderen Titel für meine Betrachtungen überlegen. Ich kam auf „Basil in Blunderland". Dazu angeregt hatte mich eine Episode aus dem Buch „Alice im Wunderland": Es hatte eine große Überschwemmung gege-

VORWORT

ben. „Die Gesellschaft, die sich nun am Ufer versammelte, bot einen traurigen Anblick. Die Vögel ließen die nassen Flügel über den Boden schleifen und den Vierbeinern klebte das Fell am Leibe. Alle tropften, froren und machten verdrießliche Gesichter." Wie sollten sie wieder trocken werden? Der erste Versuch, der Rede einer Maus zu lauschen, scheiterte. Sie war einfach zu langweilig – wie es gelehrte Redner oft sind. Dann hatte der Pelikan die Idee mit dem Freiwahlrennen. „Was ist das?", erkundigte sich Alice. „Nun", antwortete der Pelikan, „man begreift es am besten, indem man es macht." Eine Rennstrecke wurde abgesteckt. Dann begann der Wettlauf. Es gab aber kein „Auf die Plätze, fertig, los", sondern jeder rannte los, wann er wollte, und hörte auf, wann er wollte. Auf einmal rief der Pelikan: „Das Rennen ist zu Ende." Und wer hatte gewonnen? Der Pelikan verkündete: „Jeder hat gewonnen, jeder erhält einen Preis."[1]

Hierin steckt eine wichtige theologische Aussage. Das Leben ist wie ein Wettlauf, mit einem Anfang und einem Ende. Gott ist der Organisator dieses Rennens, und jeder gewinnt, vorausgesetzt, er nimmt an diesem Rennen teil – andernfalls gibt es keinen Preis.

1 Arena Kinderbuch-Klassiker, Recklinghausen ⁴2001, S. 31ff.

BASIL IN BLUNDERLAND

In Gottes Welt ist also jeder ein Gewinner – wenn er mitmacht. Es genügt nicht anzuhören, was andere an mehr oder weniger Erbaulichem über Religion zum Besten geben. Wenn sie sich dabei auf religiöse Äußerlichkeiten beschränken, reißt das niemanden vom Hocker. Was hatte der Pelikan in „Alice im Wunderland" über das Freiwahlrennen gesagt? „Man begreift es am besten, indem man es macht." Machen Sie also mit, auch wenn Sie dabei mehr zu stolpern als zu laufen glauben.

Und damit sind wir beim Titel dieses Buches. Natürlich konnte ich es nicht „Basil im Wunderland" nennen. Das wäre doch zu anmaßend gewesen ... Aber „Basil in Blunderland" konnte gehen. Dieses Buch handelt vom geistlichen Leben, genauer von einem seiner Aspekte, dem Gebet. Wenn ich aber mein geistliches Leben anschaue, empfinde ich es eher als ein Stolpern im „Blunderland" denn als ein Ausruhen und Entspannen im „Wunderland".[1] Vermutlich geht das den meisten Menschen so. Man strengt sich an, kommt aber nicht so recht voran, schlägt die falsche Richtung ein, ist unbeholfen – kein Grund also, stolz oder zufrieden zu sein. Doch

---

[1] Anm. des Übersetzers: engl. „blunder" bedeutet soviel wie stümpern, pfuschen, stolpern u. ä.

das ermutigt mich eher, als dass es mich deprimiert. Denn diese Selbsterkenntnis ist heilsam ...

Über das Spiel

Wie ich sagte, beinhaltet dieses Buch Gedanken und Impulse, die während des gemeinsamen Spiels das jeweilige Versteck in mir ausgelöst hat. Ziemlich oft waren das Überlegungen zum geistlichen Leben im Allgemeinen ... (Vielleicht wäre es besser gewesen zu beten, als über das Gebet nachzudenken und dieses Buch zu verfassen!)

Beim nochmaligen Lesen dieser Gedanken hatte ich den Eindruck, dass vieles mehr für die „Elf-Plus" als für die „Elf-Minus" geschrieben ist. Dann aber dachte ich, dass die Gruppe der „Elf-Minus" von damals inzwischen auch älter und reifer geworden ist. Ich lade Sie deshalb ein, sich jener Gruppe anzuschließen ...

Doch nun zum Spiel. Kate und Barney werden langsam ungeduldig.

Die Speisekammer

Das Spiel begann. Wir mussten entscheiden, wer sich zuerst verstecken sollte. Die Wahl fiel auf Barney. Kate und ich schlossen die Augen und zählten langsam bis zwanzig. Barney verschwand, so schnell er konnte. Normalerweise endet eine Runde damit, dass derjenige, der den Versteckten zuerst entdeckt, es laut verkündet. Unser Spiel verlief etwas anders: Wer von uns den, der sich versteckt hatte, zuerst fand, versteckte sich mit ihm, bis der dritte beide gefunden hatte.

Ich entdeckte Barney zuerst. Er hatte sich in der Speisekammer neben der Küche versteckt. Eine Speisekammer ist sehr praktisch. Aber es gibt sie nur noch in wenigen Häusern, denn im Vergleich zu früher, als es noch keine Kühlschränke und Gefriertruhen gab, ist sie nicht mehr so wichtig. Wir können uns überhaupt nicht mehr vorstellen, dass man einmal ohne Kühlschränke ausgekommen ist ...

In der Speisekammer, in die man nur durch die Küche gelangte, hockte Barney zwischen Säcken mit Kartoffeln; in den Regalen wurden die Essensreste vom Vortag aufbewahrt. Gespannt warteten wir, wie lange es wohl dauern würde, bis Kate uns entdeckte. Offenbar suchte sie ganz woanders – zum Glück, denn so hatte ich reichlich Zeit für meine „Meditation". Den Impuls dazu lieferte mir ... die Speisekammer! Meine Gedanken schweiften in die Vergangenheit; ein Erlebnis aus der Kindheit kam mir wieder in den Sinn ...

* * *

Es war einmal ein kleiner hungriger Junge, ganz allein in der Speisekammer. Dort lagerten Äpfel, jede Menge köstlicher Äpfel; niemand wusste, wie viele es waren. Wie gern hätte der Kleine einen gegessen! Doch die Großen hatten ihm gesagt, dass er sich ohne Erlaubnis nichts aus der Speisekammer holen dürfe. Denn etwas nehmen, was anderen gehört, heißt „stehlen". Aber ... es wusste doch keiner, wie viele Äpfel es genau waren. Außerdem war er allein. Warum also sollte er nicht doch einen essen? Kein Mensch würde es merken. Die Sache schien klar: Der Junge hatte Hunger, Äpfel gab es

DIE SPEISEKAMMER

reichlich, und niemand würde ihn sehen. Niemand? Doch! Einer würde ihn sehen: Gott. Gott sieht alles, hatte man dem Kleinen eingeschärft. Gott sieht, was man tut, und er bestraft einen für die Missetaten. Der Kleine bekam Angst ...

* * *

Der kleine Junge war ich. Es hat viele Jahre gedauert, bis ich mich von dieser Geschichte erholt hatte. Denn tief in meinem Unterbewusstsein hatte sich die Vorstellung von einem Gott festgesetzt, der die Menschen unentwegt beobachtet, nur um zu sehen, ob sie etwas Falsches tun. Gott war für mich eine Autoritätsfigur wie ein Lehrer, Polizist oder – heute kann ich es mit einem Schmunzeln sagen – wie ein Bischof.

Inzwischen glaube ich eher, dass Gott zu dem Jungen vor den Äpfeln in der Speisekammer gesagt hätte: „Nimm zwei!" Natürlich ermutigt Gott niemals zum Stehlen. Das möchte ich ausdrücklich betonen; denn einmal, als ich die Geschichte erzählt hatte, bekam ich einen energischen Brief, in dem eine zweifelsohne kluge und aufrichtige Person mir zu verstehen gab, dass Gott uns doch nicht zum Stehlen verleiten kann. Sie hat ja Recht. Also bitte nicht zum

Gemüsehändler um die Ecke gehen und sich zwei Äpfel nehmen!

Worauf es mir bei dieser Geschichte ankommt, ist dies: Unser Gott ist nicht jemand, der uns unentwegt beobachtet, um uns bei irgendetwas zu erwischen. Nein, er ist einer, der ganz auf unserer Seite steht, solange wir uns nicht aus freien Stücken von ihm abwenden. Wenn Gott für uns in erster Linie ein strenger Aufpasser ist, dann können wir nur ein gestörtes Verhältnis zu ihm haben. Furcht bestimmt die Beziehung zu ihm. Stattdessen sollten wir uns Gott als einen Vater denken, der uns über alle Maßen liebt!

Die Speisekammer

Einmal erzählte ich die Geschichte im Radio, später wurde sie auch in einem Gemeindeblatt abgedruckt. Darauf bekam ich Post von einer Frau, die sich beim Lesen meiner „Speisekammer-Geschichte" wieder an ein Wort ihrer Tante erinnert hatte. Im Haus der Tante hing eine Spruchtafel, auf der in verschnörkelten Buchstaben das Schriftwort stand: „Du, Herr, siehst mich." Und die Tante hatte erklärt: „Ja, Gott schaut immer auf dich. Weil er dich so sehr liebt, kann er seine Augen nicht von dir abwenden."

Ein wunderbarer Gedanke: Gott kann seinen Blick nicht von mir lassen. Wo immer ich bin und was immer ich tue, er schaut mich an – nicht um einen Fehler zu finden, sondern weil er mich liebt. Mit Gott ist es wie mit zwei Verliebten: Immerzu suchen sie den Blick des anderen und schauen sich dann lange in die Augen.

Verweilen wir einmal in Ruhe bei dieser schlichten Wahrheit: Gott kann die Augen nicht von uns abwenden, weil er uns so sehr liebt. Wenn wir uns das innerlich vergegenwärtigen, werden wir wie von selbst ermutigt, diesen Gott tiefer kennen zu lernen, um zu verstehen, wer er ist und was wir ihm bedeuten.

Die Erfahrung, dass Gott uns liebt, verändert alles. Sie stellt das alte, oft von Angst geprägte Verständnis von Religion auf den Kopf. Wie verbreitet ist die Angst, und wie unerträglich! Menschen haben Angst vor der Angst, sie fliehen vor ihr, weil sie mit dieser Last nicht leben können. Gewiss gibt es auch eine heilsame Angst. Sie kommt aus dem Wunsch, Gott nicht zu missfallen und Versuchungen nicht zu erliegen. Wenn wir gesündigt haben und uns unserer Schuld bewusst werden, denken wir besorgt an die Folgen. Doch immer sollte die Freude überwiegen, dass Gott uns über alles liebt, dass er uns versteht und voller Erbarmen ist.

* * *

Schließlich fand Kate uns doch, und ich musste meine Meditation beenden. Ein glücklicher Basil war bereit für die nächste Runde. In der Speisekammer war mir nämlich neu bewusst geworden, wie groß Gottes Liebe zu mir ist. Und ich beschloss, möglichst nichts zu tun, was den traurig stimmen könnte, der mich so sehr liebt und mir vertraut.

Die Standuhr

Nun war Kate an der Reihe, sich zu verstecken. Sie ging bis zum ersten Treppenabsatz hinauf, wo eine alte Standuhr ihren Platz hatte. Dahinter versteckte sie sich. Zum Glück war Kate dünn, denn der Zwischenraum war ziemlich schmal.

Barney und ich machten uns auf die Suche. Barney war etwas vor mir und schoss an der Uhr vorbei, ohne Kate zu entdecken. Das wunderte mich, denn Kates Ellenbogen schaute doch hinter der Uhr hervor. Ich sah das sofort, als ich Barney die Treppe hinauf folgte. Da es unmöglich war, mich ebenfalls hinter die Standuhr zu zwängen, beschloss ich, mich im nächsten Raum in einen Sessel zu setzen. So konnte ich für mich allein die Meditation bequem sitzend fortführen.

Meine Gedanken gingen zurück zur Uhr. Sie war alt und sehr schön. Im Unterschied zu vielen anderen Großvater-Uhren, die ich gesehen habe, funktionierte diese sogar. Ich musste daran denken, dass ich mit jeder Runde, die der große Zeiger drehte, etwas älter wurde und damit auch dem Tod näher kam – ein bedrückender Gedanke. Ich brach diesen Gedankengang hier ab; ich war nicht in der richtigen Stimmung. Gewiss ist es gut und sinnvoll, über den Tod nachzudenken, aber nicht an diesem Tag.

Die Uhr erinnerte mich an ein Wort eines großen geistlichen Schriftstellers. Er hatte vom „Sakrament des gegenwärtigen Augenblicks" gesprochen. Nun wissen wir, dass die Sakramente Ausdruck dafür sind, dass Gott in unser Leben kommt. Sie sind äußere Zeichen einer inneren Gnade; wir erhalten Anteil am Leben Gottes oder eine besondere Hilfe zum Leben. In allen Sakramenten und besonders in der Eucharistie

Die Standuhr

begegnet uns Christus. Nun spricht man von sieben Sakramenten. Was ist dann aber mit diesem „Sakrament des gegenwärtigen Augenblicks" gemeint?

Meine Gedanken verweilten bei dem Begriff der Zeit, genauer: beim gegenwärtigen Augenblick ... Wenn ich „jetzt" sage, ist dieses Jetzt schon vorbei, noch ehe ich es ganz ausgesprochen habe. Ich kann es nicht festhalten; es verschwindet immer sofort. Ein neues „Jetzt" tritt an seine Stelle. Das Leben besteht aus einer Abfolge vieler „Jetzt". Es lässt sich nicht vermeiden, dass die Uhr anzeigt, wie schnell die Zeit vergeht. Einmal schaute ich gerade in dem Moment auf eine Uhr, als sie stehen blieb. Dem letzten „Jetzt" folgte kein weiteres. Da verstand ich, dass die Ewigkeit wie ein „Jetzt" ist, das niemals aufhört. Doch anders als eine Uhr, die stehen bleibt, werden wir für immer im „Jetzt" der Gegenwart Gottes verankert sein.

Es gibt Augenblicke im Leben, die wir am liebsten festhalten möchten: ein schönes Erlebnis etwa, das uns ganz erfüllt oder fesselt. In solchen Momenten wünschten wir, die Zeit bliebe stehen. Das sagt uns etwas über den Himmel. Der Himmel ist ein „Jetzt" vollkommenen Glücks, weil wir bei Gott sind. Die Anschauung Gottes erfüllt und befriedigt uns ganz und gar. Wir leben in einem immerwährenden „Jetzt" sich schenkender Liebe, in der Vereinigung mit dem, dem unsere ganze Liebe gilt.

Was hat es also mit dem „Sakrament des gegenwärtigen Augenblicks" auf sich? Wenn wir uns vor Augen halten, dass die Sakramente Räume der Begegnung mit Christus sind, dann können wir auch den gegenwärtigen Augenblick als einen Ort der Begegnung zwischen Gott und uns verstehen. Nur „jetzt", im gegenwärtigen Augenblick, können wir ihm begegnen, hier und heute. Manche Menschen verbringen viel Zeit damit, auf ihr Leben zurückzuschauen, andere verweilen bei Tagträumen über ihre Zukunft, doch der Moment, auf den es jeweils ankommt, ist das „Jetzt". In jedem gegenwärtigen Augenblick können wir Gott begegnen. Jeden Augenblick neu können wir an Gott denken und ein kurzes Gebet an ihn richten. Vielleicht ist es nur ein flüchtiger Gedanke. Ich kann ihm sagen: „Ich möchte dich lieben", oder: „Bitte hilf mir", oder: „Es tut mir Leid". Der gegenwärtige Augenblick ist etwas ganz Kostbares!

* * *

Die Standuhr

Ich saß lange im Lehnstuhl, denn Barney lief im ganzen Haus umher und konnte Kate einfach nicht finden. Die Zeiger der Uhr rückten immer weiter vor, und wenn Barney nicht bald auftauchte, würde keine Zeit mehr bleiben für eine weitere Runde Versteckspiel und damit auch keine Zeit für mich, meine Meditation fortzusetzen. Kate und ich waren schon ungeduldig geworden, als Barney endlich auftauchte. „Meine Uhr ist stehen geblieben", sagte er, „deshalb wusste ich nicht, wie spät es ist." „Das ist keine Entschuldigung, Barney", sagte ich unwirsch.

Doch in diesem Moment fiel mir wieder ein: Der gegenwärtige Augenblick ist wie ein Sakrament, in dem ich Gott begegnen kann. Ich richtete also Herz und Sinn auf Gott und sagte ihm: „Verzeih, Herr, dass ich ungehalten über Barney war. Nächstes Mal werde ich geduldiger sein. Versprochen!" Wenn du dich ärgerst, zähle bis zehn, bevor du redest, hatte man mir empfohlen. Das vergesse ich immer wieder, und jedes Mal bereue ich es hinterher.

Das Telefon

In einer kalten Ecke am Ende des Flurs stand das Telefon (vielleicht, um allzu häufige gedankenlose Telefonate zu erschweren). Dort versteckte sich Barney. Als ich ihn gefunden hatte, verzog ich mich in ein nahe gelegenes Zimmer, setzte mich auf einen Stuhl und meditierte weiter. Ich dachte an eine meiner Tanten – Tantchen nannte ich sie –, die sehr alt war und kaum noch etwas hörte. Bei ihr anzurufen machte eigentlich wenig Sinn. Sie verstand mich kaum, und dann wusste sie nie, was sie sagen sollte. Trotzdem rief ich sie ab und zu an. Warum? Weil es einfach gut tat zu wissen, dass sie da war! Und weil ich merkte, wie sie sich darüber freute, wenn ich mir die Mühe machte, mich bei ihr zu melden.

So ähnlich dürfte es vielen von uns beim Beten gehen. Oftmals kommt es uns vor, als würden wir mit jemandem telefonieren, der anscheinend taub

Das Telefon

ist und offenbar nichts zu sagen hat. Gott hat weder Ohren noch eine Stimme wie wir. Weshalb sollen wir dann zu ihm beten? Manchmal denke ich, Gott ist wie mein Tantchen – ein schlechter Gesprächspartner. Und doch spüre ich, dass er sich freut, wenn ich mich im Gebet ihm zuwende. Er freut sich, dass ich ihm Aufmerksamkeit schenke. Ich weiß, dass er da ist und zuhört. Aber antwortet er auch, wenn ich meine Anliegen vorbringe? Es braucht Geduld und Glauben, dass Gott unsere Gebete erhört – auf *seine* Weise, nicht so, wie wir es uns vorstellen. Das war mir schon vor langer Zeit klar geworden. Er weiß, was gut für uns ist und was uns schadet. Letztlich hat er nur den einen Wunsch, dass wir ihm näher kommen und einmal für immer bei ihm sein werden. Was uns auf diesem Weg hilft, das schenkt er uns. Jedes Gebet führt uns näher zu ihm.

Weil ich Tantchen mit unerschütterlicher Treue regelmäßig anrief, schickte sie mir jedes Jahr zu Weihnachten eine Schachtel Pralinen. Aber ich kann ehrlich sagen, dass ich mich nicht deshalb bei ihr meldete, um mir mein Weihnachtsgeschenk zu sichern. Ich hatte sie ja nicht einmal darum gebeten. Sie schickte mir die Pralinen, weil sie meinte, sie müsste mich ein wenig aufpäppeln. Auch Gott macht uns manchmal ein Geschenk, lange nachdem wir unsere Bitte ausgesprochen haben. Dabei handelt es sich oft um ein unerwartetes, neues Verständnis von ihm oder um eine besondere Hilfe in einer Zeit der Krise. Gott freut sich immer, wenn wir zu ihm beten. So wie ich mit Tantchen telefonierte, um ihr eine Freude zu machen, so möchte ich mit meinem Gebet Gott eine Freude machen.

Das Telefon

Plötzlich klingelte das Telefon im Gang. Weder Barney noch ich wussten, was wir tun sollten. Als ich schließlich den Hörer abnahm, hörte ich nur ein schweres Atmen, wie einen tiefen Seufzer. Das klang ziemlich unheimlich und beängstigend. Später erfuhr ich, dass der Anrufer jemand war, der nicht richtig sprechen konnte, aber mit den Hausbewohnern in Kontakt treten wollte.

Ich musste über diesen Seufzer nachdenken. Der Heilige Geist ist wie ein „Seufzer" der Liebe, der vom Vater und vom Sohn ausgeht. Das lehrt uns der heilige Johannes. Unser Herr hauchte die Apostel an und gab ihnen den Heiligen Geist. Wenn wir zu Gott Vater beten, betet der Geist in uns mit unhörbarem Seufzen.

Der Fernseher

Kate war wieder dran, sich zu verstecken. Sie verschwand in einem kleinen Zimmer am Ende des Flurs. Dort stand der Fernseher. Das war zweifellos ein gutes Versteck, denn man konnte dabei fernsehen. Und gewiss würden wir zwei, die wir sie suchten, denken, dass jemand anders gerade den Raum benutzte. Dann aber entdeckte ich Kate doch. Ich suchte mir in ihrer Nähe ein ruhiges Plätzchen und setzte meine Überlegungen fort ...

Einmal habe ich mit jemandem ferngesehen, der die Angewohnheit hatte, von einem Programm ins andere zu springen, weil er sich für keines entscheiden konnte; „zappen" nennt man das wohl. Ich musste denken, dass auch der menschliche Geist so einer Person gleicht, die ständig von einem Sender zum anderen umschaltet. Oft geht mir eine Flut von Gedanken und Bildern durch den Kopf – wie Bilder,

Der Fernseher

die über den Fernsehschirm laufen. Das ist sehr unangenehm, vor allem wenn man beten will. Es ist schwer, über Gott nachzudenken, wenn sich ständig irgendwelche Bilder und Gedanken ins Bewusstsein drängen. Man spricht dann von Zerstreuungen.

Während ich so darüber nachdachte, entschloss ich mich plötzlich, ins Fernsehzimmer zu gehen und mich zu Kate zu setzen. Sie war zwar nicht direkt

am „Zappen", aber das Programm wurde ihr immer schnell langweilig. Es gab nichts, was ihre Aufmerksamkeit zu fesseln vermochte. Ich saß neben ihr und schaute auf den Bildschirm.

Langsam wurde mir etwas klar. Ziemlich oft passiert es mir beim Beten, dass ich mich nur schwer auf Gott konzentrieren kann. Mein Geist ist voll von Gedanken und Bildern, die nicht immer sehr fromm sind. Mir kam die Idee, ich könnte Gott einladen, sozusagen neben mir Platz zu nehmen, und ihm sagen: „All diese Gedanken und Bilder, die mir durch den Kopf gehen – schau sie zusammen mit mir an." So werden sie zu einem Gebet. Es ist nicht gesagt, dass es so leichter wird, mit der Zerstreuung fertig zu werden. Auf jeden Fall aber kann ich Gott sagen: „Hilf mir, dass ich dir Raum gebe in meinen verworrenen Gedanken." Und zu mir sage ich: Dieses vertrackte Problem, dem ich mich morgen stellen muss, oder das Fußballspiel nächsten Samstag (manchmal schieße ich ein wirklich gutes Tor – ach wie schäme ich mich dafür, für diese Abschweifung natürlich, nicht für das Tor, das war echt gut!), oder das Geburtstagsgeschenk, das ich vergessen habe zu kaufen – all das bringe ich vor Gott. Wenn ich es lerne, meine Zerstreuung Gott

Der Fernseher

hinzuhalten, werde ich vertraut damit, Gott in mein tägliches Leben einzulassen.

Die Erfahrung hat mich gelehrt, dass das betrachtende Gebet – auch Meditation oder inneres Gebet genannt – in der Frühe besser gelingt. Denn haben die täglichen Angelegenheiten erst einmal von uns Besitz ergriffen, ist unser Geist schon von vielem besetzt. Es gibt aber auch Menschen, die es vorziehen, abends zu beten, nach der Arbeit des Tages. Welches der bessere Zeitpunkt für das Gebet ist, hängt weitgehend vom jeweiligen Temperament ab. Wir sollten die Zerstreuungen allerdings nicht zum Vorwand nehmen, um überhaupt nicht zu beten. Viele tun das; sie sagen: „Beten ist nichts für mich." Aber das stimmt nicht. Beten ist für jeden. Bedenken wir doch, was Beten heißt: unseren Geist und unser Herz auf Gott auszurichten. Dieser Versuch ist oft mit einem wirklichen Ringen darum verbunden, sich auf Gott zu konzentrieren. Aber das macht nichts. Wichtig ist nur, dass wir nicht aufhören, es immer wieder zu versuchen. Jeder Versuch freut Gott. Vielleicht werden wir eines Tages in seiner Gegenwart den Frieden erfahren. Das ist sein Geschenk für unsere Ausdauer.

Zerstreuungen sind Teil unserer Gebetserfahrung. Wir können ihnen nicht entgehen.

Ich bete: „Herr, ich werde weiter versuchen, meine Gedanken in dir zu verankern. Eine Sorge, die mich schon in den letzten Tagen umgetrieben hat, geht mir einfach nicht aus dem Kopf. Darf ich sie mit dir teilen?" Ich bleibe einfach still vor ihm, und nach und nach denke ich an all die Menschen, um die ich mir Sorgen mache. Jeden Einzelnen bringe ich vor Gott, damit er ihnen seine Liebe schenke, und ich bitte ihn, meine Sorgen zu verwandeln ...

Es gibt Zeiten, in denen uns ein großer Schmerz gefangen hält. Vielleicht haben wir einen Menschen verloren, den wir sehr geliebt haben. Oder ein Unglück hat die Familie getroffen, oder es droht eines. Vielleicht sind wir von anderen grausam behandelt worden, fälschlich angeklagt, lächerlich gemacht worden. Der Gedanke an Gott spendet uns keinen Trost. Worte bringen keine Erleichterung. In solchen Situationen können wir beten: „Vater, nicht mein Wille geschehe, sondern der deine." Versuchen wir, in dieser inneren Qual einfach nur auszuhalten. Wir dürfen glauben, dass auf diese Getsemani-Erfahrung eine Tabor-Erfahrung folgen wird – mag sie auch noch fern sein. In Getsemani, im Ölgarten, litt Jesus Todesangst; auf dem Berg Tabor ereignete sich seine Verklärung. Auf dem Tabor

Der Fernseher

sagte Petrus: „Herr, es ist gut, dass wir hier sind."
Ein ganz besonderes Geschenk aber ist es, wenn
man sich auch in Zeiten des Leids mit Christus in
seiner Todesangst im Ölgarten vereint weiß.

Das Treppenhaus

Während wir überlegten, wer sich als nächstes verstecken sollte, kamen wir an der Haupttreppe vorbei. Oben stand der Besitzer des Hauses. Ich habe ihn bisher noch nicht erwähnt, weil er an unserem Versteckspiel nicht beteiligt war. Vermutlich achtete er darauf, dass wir nichts zerbrachen oder die Treppe hinunterfielen oder sonst irgendetwas anstellten. Doch seine Anwesenheit war sehr diskret. Ganz sicher hatte er auf seinen Sohn Simon aufzupassen. Simon war erst zwei Jahre alt.

Nun geschah Folgendes: Der Vater stand oben an der Treppe. Der Kleine versuchte, auf die erste Treppenstufe hinaufzukommen. Dabei gab sich dieser zweijährige Knirps wirklich alle Mühe. Auf ebener Fläche lief Simon auch ganz gut. Allerdings hatte er noch nicht den Dreh heraus, wie man Treppen hinauf- und hinunterkommt. Ich sah, dass er den Fuß auf die erste Stufe setzte und nach hinten purzelte. Natürlich fing Simon an zu brüllen. Er beruhigte sich aber bald wieder und versuchte es erneut. Jede Anstrengung endete mit einem Misserfolg. Schließlich kam sein Vater die Treppe herunter, nahm Simon auf den Arm und trug ihn nach oben.

Später am Abend dachte ich darüber nach, was ich gesehen hatte. Nachdem Simons Vater nämlich den Jungen die Treppe hinaufgetragen hatte, gab er ihm einen Kuss und brachte ihn wieder nach unten. Dabei ermutigte er Simon, weiter zu versuchen, auf die erste Stufe zu kommen. Ohne Fleiß kein Preis.

Diese Episode sagt mir viel über das geistliche Leben. Wir tun unser Bestes, um zu beten. Es ist, wie wenn man den Fuß auf die unterste Treppenstufe setzt und es doch nicht schafft, hinaufzukommen – so wenigstens hat es den Anschein. Wir versuchen es immer wieder, doch ohne Erfolg. Dann haben wir verschiedene Möglichkeiten – wie übrigens auch Simon. Er hätte einfach sitzen bleiben und weinen können; er hätte auch weggehen können – es war ja doch zwecklos, es weiter zu probieren; er hätte also aufgeben können. Simons Vater aber hatte sein erfolgloses Bemühen gesehen und war ihm entgegengekommen, um ihm zu helfen. Ähnlich ist es bei unserem Beten.

Immer und immer wieder versuchen wir zu beten und schaffen es dennoch nicht. Wir könnten bitterlich klagen, dass Beten nichts für uns sei, wir könnten es sein lassen und uns anderen Dingen zuwenden. Das einzig Richtige in diesem Fall aber ist, nicht aufzugeben. Unser Vater im Himmel sieht unser Bemühen, er hat Freude daran und wird uns entgegenkommen, uns gleichsam in die Arme nehmen und selbst nach oben tragen. Dann erleben wir einen jener – äußerst seltenen – Augenblicke innigen Glücks im schlichten Verweilen in der Gegenwart Gottes. Doch auch wenn wir diese Erfahrung machen durften, dass Gott uns in seine Arme geschlossen und selbst hinaufgetragen hat, können wir diesen Moment nicht festhalten. In der Regel wird es

DAS TREPPENHAUS

eher darum gehen, immer wieder zu versuchen, Herz und Verstand zu Gott zu erheben. Jene besonderen Augenblicke seiner spürbaren Gegenwart haben wir ganz ihm zu verdanken. Sie sind sein Geschenk an uns. Doch die Erinnerung an diese Erfahrung der Präsenz Gottes kann uns helfen, nicht aufzugeben. Manche Menschen erleben solche Momente öfter, andere selten, wieder andere vielleicht überhaupt nicht. Eines jedoch ist sicher: Versuchen wir es weiter, auch wenn es Mühe kostet. Vielleicht kann uns der Gedanke helfen, dass es zum Beten zwei braucht. Was uns betrifft, versuchen wir uns darin einzuüben, aus Liebe zu Gott immer wieder das Gespräch mit ihm zu suchen, um ihm die Ehre zu geben und ihn zu verherrlichen, nicht um unserer eigenen Erbauung willen. Was immer wir dabei erfahren, ist sein Geschenk. Vielleicht geht es auch darum, gar nichts zu erwarten, es ganz Gott zu überlassen, auf welche Weise er uns mit seiner Gegenwart beschenken will.

Unter dem Klavier

Barney und Kate beschlossen, dass ich mich als nächstes verstecken sollte. Ich verschwand also und kroch unter das Klavier. Etwas besorgt war ich schon dabei, denn ich war mir nicht sicher, ob meine morschen Knochen das aushalten würden. Es mag wenig sinnvoll erscheinen, sich ausgerechnet unter einem Klavier zu verstecken, da es äußerst schwierig ist, dort nicht gesehen zu werden. Hier lag der Fall jedoch anders. Um den Lack des alten Instruments zu schonen, hatten die Hausbesitzer ein Tuch darüber gebreitet, das bis zum Boden ging. Sie hofften nämlich, das Klavier noch verkaufen zu können. Auf dem Klavier befanden sich Fotografien, allerlei Geschenke und – ein Blumentopf, der gefährlich nahe am Rand stand.

Eine ungeschriebene Regel lautete, dass man sich nicht unter diesem Klavier verstecken durfte, um es nicht womöglich so zu beschädigen, dass sein

Unter dem Klavier

Marktwert weiter sank. Deshalb fühlte ich mich auch nicht ganz wohl dabei, mich über dieses Verbot hinwegzusetzen. Allerdings verschaffte mir dies eine Menge Zeit zum Meditieren.

Das Klavier ... Ich musste an eine bestimmte Pfarrkirche denken, in der weder das Harmonium noch die Organistin in besonders guter Form waren. Beide waren ziemlich verstimmt, was einen schauderhaften Klang ergab, wie man sich un-

schwer denken kann. Auch der Chor ließ zu wünschen übrig; ein Sänger war so dominant, dass er alle anderen übertönte – und dabei hatte seine Stimme noch nicht einmal einen schönen Klang ... Auch der Priester konnte nicht singen. Beim Gedanken an die Gottesdienste in dieser Pfarrgemeinde fragte ich mich, ob ein verstimmtes Harmonium mit einer schlechten Organistin, ein falsch singender Priester und ein entsetzlicher Chor Gott überhaupt gefallen könnten ...

Immer wieder beklagen sich Leute über den Gottesdienst in ihrer Kirchengemeinde. Sie sagen, er sei „grässlich" und „langweilig". Ob eine „verstimmte" Liturgie wohl auch dem lieben Gott missfällt? Beim Nachdenken wurde mir klar, dass Gott wohl nicht auf den Erfolg schaut, sondern sich immer freut, wenn wir versuchen, unser Bestes zu geben. Natürlich ist auch klar, dass man alles daransetzen sollte, den Gottesdienst so schön und würdig wie möglich zu gestalten. Schließlich kommen wir zusammen, um Gott anzubeten und zu loben. Tatsache ist aber auch, dass viele von uns nicht besonders gut spielen oder singen können und kein geschultes Ohr haben. Dann muss man sich eben damit abfinden, dass ein Instrument nicht richtig gestimmt ist oder schlecht gespielt wird. Gott hört darüber hinweg und sieht auf die Mühe, die wir investieren. Daran hat er Gefallen. Ich meine sogar – und ich müsste mich schon sehr täuschen –, dass Gott einen demütigen Versager lieber hat als einen stolzen Macher.

Natürlich wäre es phantastisch, wenn das Harmonium mit der Kunstfertigkeit eines Domorganisten gespielt würde, wenn der Gesang einem professionellen Chor gliche und der Priester die Stimme eines Opernsängers hätte. Wenn außerdem die Kirche nicht so zugig und die Bänke nicht so unbequem wären. Und alle wären froh, wenn die ganze Gemeinde gut und engagiert singen würde, möglichst noch mehrstimmig. Aber das trifft leider nur auf die wenigsten Gemeinden zu.

Die folgenden weiterführenden Überlegungen verdanke ich dem Buch „Briefe an Malcolm" von C. S. Lewis. Da wird ein wenig klarer, was die christliche Lehre meint, wenn sie sagt, der Himmel sei ein Zustand, in dem die Engel bereits jetzt, und die Menschen nach diesem Leben beständig damit beschäftigt seien, Gott zu preisen. Das bedeutet nicht – wie man fälschlich annehmen könnte –, dass es im Himmel so ähnlich wäre wie in einer Kirche.

Unsere Gottesdienste sind ja sowohl in ihrem Ablauf als auch in der Art der Mitfeier bloße *Versuche*, Gott zu loben. Nie gelingen sie ganz; oft sind sie zu 99,9 oder gar zu hundert Prozent Fehlschläge. Man könnte sagen: Wir sind keine Reiter, sondern Schüler in einer Reitschule. Für die meisten von uns überwiegen bei weitem die Stürze und blauen Flecken, der Muskelkater und ein strenges Training. In den seltensten Fällen werden wir gleich einen Galopp hinlegen, bei dem wir keine Angst haben und es nicht zu einer Katastrophe kommt.

Jetzt sind wir erst einmal dabei, zu lernen und unsere Instrumente zu stimmen. Aber nur für die, die schon im Vorfeld zumindest ein klein wenig von der Sinfonie erahnen, kann das Stimmen der Instrumente in einem Orchester eine Freude sein. Die jüdischen Opfer wie unsere heiligsten Riten gleichen dem Stimmen der Instrumente; sie weisen hin auf das Eigentliche, sind aber nicht schon die Aufführung selbst. Sie haben also auch etwas Pflichtmäßiges an sich, und es ist wenig – vielleicht sogar gar keine – Freude dabei. Doch die Pflicht gibt es nur um der Freude willen. Wenn wir unsere religiösen Pflichten erfüllen, sind wir wie Menschen, die im wasserlosen Land Kanäle graben, damit sie – wenigstens größtenteils – fertig sind, wenn schließlich

Unter dem Klavier

das Wasser kommt. Und dann gibt es Momente, in denen sich schon jetzt ein Rinnsal über den trockenen Boden schlängelt. Glücklich die Menschen, bei denen so etwas öfter geschieht.

Wir sollten unsere Gottesdienste in der Pfarrei also wie das „Stimmen von Instrumenten" verstehen, als Vorbereitung auf den vollkommenen Lobgesang, den wir in der Gegenwart Gottes anstimmen werden, wenn wir ihn von Angesicht zu Angesicht schauen. Es wird ein vielstimmiges harmonisches Loblied sein – und ein wahres Vergnügen, darin einzustimmen. Was mich betrifft, möchte ich nicht mehr zusammenzucken, wenn die Instrumente jaulen oder die Lieder gehaltlos erscheinen. Ohnehin singe auch ich etwas schief, warum also andere kritisieren? Verzeih mir, Herr!

Ja, oft wird uns ein Gottesdienst „grässlich" oder „langweilig" vorkommen. Gerade dann sollten wir uns fragen: Gehen wir zur Messe, um unterhalten zu werden und damit es uns etwas „bringt"? Oder gehen wir, weil es uns wichtig ist, dort zu sein und nach besten Kräften beizutragen zum Lob und zur Anbetung Gottes – um seinetwillen und nicht für uns selbst? „Langweilig" sollte eigentlich nicht in unserem Gebetswortschatz vorkommen.

In diesem Augenblick entdeckte mich Barney. Er kam angerannt, knallte gegen das Klavier, und der Blumentopf fiel mit lautem Krach zu Boden. Dieser Lärm verriet Kate natürlich, wo wir waren. Außerdem mussten wir eingestehen, dass *wir* es gewesen waren, die den Blumentopf zerbrochen hatten. Vielleicht hätte ich mich doch lieber woanders verstecken sollen? Schließlich hatte ich gewusst, dass das Klavier tabu war …

Das Fenster

Diesmal versteckte sich Barney im Salon hinter dem Vorhang. Als ich ihn gefunden hatte, stellte auch ich mich hinter einen der Vorhänge im Zimmer. Solche Vorhänge in alten Häusern können sehr staubig sein. Was mich bei ihnen aber am meisten abstößt, ist der Zigarettenrauch, der in ihnen hängen bleibt. Mir blieb nichts anderes übrig, als aus dem Fenster zu schauen, um meine Meditation fortzusetzen.

Der Anblick war nicht gerade erhebend: Alles war in dichtestem Nebel gehüllt. Es hätte mich mehr inspiriert, wenn ich eine tolle Sicht gehabt hätte oder einen schönen Garten zum Bewundern. Der Nebel jedoch sagte mir gar nichts. Er war mir keine Hilfe beim Beten ... – oder doch? Und ob der Nebel mir etwas zu sagen hatte! „Begreifst du denn nicht?", sagte ich zu mir selbst. „Denk doch mal an den Nebel in deinem Kopf!" Mir fielen Momente ein, in denen es mir so gut wie unmöglich gewesen war, im Gebet zu

verweilen. Die Worte, die mir in den Sinn kamen, ergaben keinen Zusammenhang; das Nachdenken über Gott und die Wahrheiten des Evangeliums rührte mich nicht an. In solchen Zeiten sind Herz und Verstand so kalt wie der feuchte Nebel draußen. Trotzdem versuche ich weiter, Worte zu finden und an Gott zu denken. Ich ging ja auch jetzt nicht vom Fenster weg, nur weil nichts als Nebel zu sehen war. Also werde ich auch nicht vor dem Gebet davonlaufen, nicht einmal, wenn es mir – wie heute – überhaupt nichts bringt ...

Ich schaute einfach weiter aus dem Fenster. Obwohl mich der Gestank der Vorhänge störte, hatte ich nicht das Bedürfnis, das Fenster auch nur ein klein wenig zu öffnen. Plötzlich hob sich der Nebel und begann sich aufzulösen. Nun konnte ich sehen,

Das Fenster

was der Nebel verborgen hatte – einen wunderschönen Garten!

Die Farben der Blumen tanzten vor meinen Augen; ihre Pracht löste Freude in mir aus. Meine Stimmung war wie umgewandelt. Ja, selbst der Gestank der Vorhänge machte mir nichts mehr aus, denn jetzt hatte ich auch das Fenster geöffnet und genoss den Duft der Blumen und diesen unverwechselbaren Geruch von frisch gemähtem Gras. Was hätte ich nicht alles an Bezauberndem verpasst, wenn ich vom Fenster weggegangen wäre!

So ist es auch mit dem Gebet. Wie oft kommen uns Worte und Gedanken sinnlos vor, weil unser Geist wie umnebelt ist. Geben wir in solchen Momenten nicht auf, suchen wir weiter nach Worten, richten wir unsere Gedanken weiter auf Gott aus. Nur nicht weggehen, der Nebel könnte sich plötzlich lichten. Worte oder Gedanken könnten plötzlich zu wirken beginnen und Herz und Verstand anregen. So trocken und kalt sie vorher waren, so lebendig können sie nun sein. Als ich im Nebel sagte: „Herr, ich möchte dich lieben", klangen die Worte weit hergeholt und künstlich. Doch ich nahm sie nicht zurück. Als sich dann der Nebel hob, wiederholte ich diese Worte, und nun waren sie lebendig.

Während ich weiter aus dem Fenster schaute, nahm der Nebel wieder zu, bis er schließlich erneut den Garten vor meinem Blick verbarg. Ich machte das Fenster zu. Die Vorhänge wirkten jetzt noch staubiger. Auch die Worte „Ich möchte dich lieben, Herr!" beflügelten mich plötzlich nicht mehr. Ähnlich ist es im geistlichen Leben: Augenblicken der Lebensfreude folgen innere Trockenheit und Kälte. Doch wir sollten niemals weglaufen. Beten wir weiter in Geduld, bis sich der Nebel wieder lichtet oder eines Tages ganz auflöst.

Mittlerweile hatte Kate uns gefunden. Sie sagte: „Lasst uns in den Garten gehen und dort spielen." „Hast du denn den Nebel nicht gesehen?", fragte ich. „Es hat keinen Sinn hinauszugehen."

Es stimmte mich traurig, dass alles Schöne im Garten durch den Nebel meinem Blick wieder verborgen blieb. Denn Schönheit in all ihren Ausdrucksformen kann viel dazu beitragen, Herz und Verstand zu Gott zu erheben. Schönheit ist eine Botschaft Gottes. Sie lautet: Wenn schon diese Blume so schön ist, jene Aussicht, dieses Musikstück oder jenes Bauwerk – wie schön muss dann erst Gott sein! Von ihm kommt ja alle Schönheit. Deshalb verweist uns alles Schöne auf die Schönheit, die Gott selbst ist. Die Schönheit also, wie wir sie wahrnehmen, lässt uns die Gegenwart Gottes erahnen. Wir können auch mit den Augen beten und im stillen Schauen und Hören einfach staunend verweilen. Staunen führt zum Lobpreis. Und Gott auch dann preisen, wenn sich der Nebel wieder auf unseren Geist senkt, ist erst recht ein großartiges Gebet. Es geschieht vielleicht ohne viel Lust, dafür ist es ein Ausdruck unserer Großzügigkeit. Denn in solchen Momenten loben wir Gott um seinetwillen, nicht um selbst etwas davon zu haben. Jemand könnte einwenden: „Aber Gott braucht unser Gebet doch nicht!" Ich bin mir da nicht so sicher. Die Erinnerung an Zeiten des Lichts ist auf jeden Fall Grund genug, um Gott auch weiterhin zu loben.

Das Feuer

Ehe wir uns versahen, verschwand Barney. Eigentlich wäre Kate an der Reihe gewesen. Nun, das Leben ist selten fair. Barney versteckte sich unter einem Sofa, aber er stellte es nicht besonders geschickt an; denn einer von seinen Füßen schaute hervor. Ich sagte zu ihm, er solle seinen Fuß einziehen, und setzte ich mich auf das Sofa. Dann kam Kate. Auch sie entdeckte Barney sofort, dessen Fuß wieder unter dem Sofa hervorlugte. Daraufhin beschlossen wir drei, eine Pause einzulegen. Denn das

Das Feuer

Spiel wurde langsam anstrengend. Das Sofa war der nächstliegende mögliche Platz zum Ausruhen. Es war allerdings alt und kaputt, zudem nicht sehr bequem, denn einige Sprungfedern waren ausgeleiert. Das Sofa stand vor einem Kamin, in dem ein Feuer prasselte. Barney und Kate fingen an, sich zu unterhalten. Das war mir einerseits sehr recht; so konnte ich weitermeditieren. Andererseits gelang mir das nur bis zu einem gewissen Grad, denn das Gespräch von Leuten, die neben einem sitzen, erschwert das Gebet doch erheblich. Wir brauchen Stille. Ich jedenfalls brauche sie.

Das Haus, in dem wir uns befanden, war sehr altertümlich. Es gab keine dieser modernen Heizungen mit Strom oder Gas, die so wenig Atmosphäre verbreiten. Dafür aber gab es richtige Feuerstellen mit echten Flammen und Stöße von Brennholz, das daneben aufgestapelt war.

Meine Gedanken verweilten beim Feuer. Dieses Kaminfeuer verbreitete eine große Wärme. Das überraschte mich, denn in vielen alten Häusern entweicht der größte Teil der Hitze durch den Rauchfang. Unser Feuer war dazu auch noch sehr gemütlich. Ja, ein echtes Feuer kann wirklich heimelig sein. Elektrische Heizungen oder Gasheizungen sind gewiss nützlich, aber man kann sich schlecht davor hinsetzen und sie anschauen. Man stelle sich vor, man säße eine Stunde lang vor einem Heizkörper! Ein prasselndes Feuer dagegen zieht mich jedes Mal in seinen Bann, wenn ich in die Flammen schaue. Sie scheinen zu tanzen; niemals sind sie ganz ruhig.

Bei einem warmen, wohligen Feuer muss ich immer an Gott denken. Ein solches Feuer ist nicht nur gemütlich, sondern auch etwas Lebendiges. Auch Gott ruht in sich und ist doch unglaublich aktiv. Eine Kerzenflamme ist fast ein noch besseres Bild für Gott. Wenn man eine solche Flamme anschaut, scheint sie einerseits stillzustehen (wenn nicht gerade ein Luftzug sie zum Flackern bringt; in alten Häusern zieht es ziemlich oft), andererseits wissen wir, dass aufgrund der chemischen Reaktion, die beim Verbrennen stattfindet, die Flamme ganz aktiv ist. Gott verändert sich nie, er ist in beständiger Ruhe; aber er ist auch immer in Bewegung und schöpferisch tätig.

Ein wohlig-warmes Feuer erinnert mich also immer an Gott. Aber man spricht auch in einem anderen Zusammenhang von Feuer, nämlich vom Feuer der Hölle. Es stimmt zwar, dass das Feuer Wärme

Das Feuer

spendet, aber es hat auch eine zerstörerische Kraft in sich. Doch mit diesen theoretischen Gedanken möchte ich mich hier nicht weiter beschäftigen.

Auch in der Bibel ist von Feuern die Rede. Zwei besonders wichtige möchte ich herausgreifen. Von dem einen erzählt das Alte Testament; es handelt sich um die Geschichte von Mose und dem brennenden Dornbusch. Der Dornbusch brennt, ohne zu verbrennen. Und Mose hört die Stimme Gottes: „Ich bin, der ich bin", oder – wie manche übersetzen – „Ich bin, was ich bin". Der brennende Dornbusch enthüllt die Gegenwart Gottes. Die Worte, mit denen sich Gott Mose zu erkennen gibt, bedeuten auch, dass dieser Gott ein liebender Gott ist, einer, der da ist. Es ist, als würde er sagen: „Ich bin ein gütiger und freundlicher Gott."

Das andere Feuer, das ich erwähnen möchte, begegnet uns in der Apostelgeschichte und bezieht sich auf die Herabkunft des Heiligen Geistes. Es heißt, dass Zungen wie von Feuer erschienen, die sich verteilten und auf einen jeden der Apostel niederließen, die sich im Obergemach eines Hauses in Jerusalem aufhielten. Das ereignete sich, nachdem unser Herr Jesus in den Himmel aufgefahren war.

Als ich in diesem zugigen Haus in das Feuer schaute, kam plötzlich von irgendwoher ein Windstoß. Die Flammen stoben auseinander und Funken sprühten. Auch die Feuerzungen, von denen die Apostelgeschichte spricht, waren von einem heftigen Sturm begleitet. Wie die Feuerzungen ist auch der Wind oder Sturm ein Symbol für die Gegenwart des Heiligen Geistes.

Die Feuerzungen verbreiteten Licht und Wärme; so hat der Heilige Geist die Aufgabe, unserem Verstand Licht und unseren Herzen Wärme zu geben. Taufe und Firmung wollen eben dies zum Ausdruck bringen: Wir empfangen den Heiligen Geist, der uns hilft, die Dinge Gottes besser zu verstehen und Gott mehr zu lieben. Er ist wie eine innere Kraftquelle oder Energie, die unseren Willen stärkt, Gott und die Mitmenschen zu lieben, und uns befähigt, es auch konkret zu tun. Das ist die göttliche Gnade, die in uns wirkt.

Kate und Barney wurden langsam ungeduldig; sie wollten wieder weiterspielen. Damit war auch mein Nachdenken über die wärmende und freundliche Liebe Gottes zu Ende. Wir verließen den wohligen Platz vor dem Kamin, dessen Feuer mich gewärmt hatte. Nun fing ich an zu frösteln. So ähnlich ist es, wenn wir vor der Liebe Gottes davonlaufen. Dann ist es, als ob wir hinaus in die Kälte gingen – und damit vielleicht auch in die Dunkelheit. Kälte und Dunkelheit sind Symbole der Abwesenheit Gottes. Es stimmt mich traurig, ja ich finde es geradezu beängstigend, wenn es den Menschen nichts ausmacht, draußen in der Kälte zu sein und ohne Gott in der Dunkelheit zu leben. Jeder, der sich von Gott entfernt hat, sollte sich fragen, ob er nicht in die Wärme zurück möchte, das heißt in die Liebe, die Gott für uns bereitet hat. Mit seiner liebenden Wärme möchte er jeden und jede von uns umfangen.

Die Abstellkammer

Unter einer der Treppen dieses alten Hauses befand sich eine Abstellkammer. Wie so oft, war auch in dieser Kammer die Glühbirne durchgebrannt. Verschiedene Besen standen ziemlich durcheinander darin, und der enge Raum war mit allen möglichen Dingen zugestellt, die man vor Besuchern zu verbergen sucht. Viel Platz zum Verstecken gab es dort also nicht, aber weil ich an der Reihe war, beschloss ich doch, es zu versuchen. Während ich mich hineinzwängte, kam Simons Vater. Ich bat ihn, sich neben die Tür zu setzen; mein Hintergedanke war nämlich, dass die anderen zwei, die mich su-

chen mussten, dadurch vielleicht nicht auf die Idee kämen, es könnte jemand in der Abstellkammer sein. Simons Vater sollte auch die Tür etwas offen lassen, da drinnen die Luft sehr knapp war – wenn schon für einen Menschen, dann später gewiss noch mehr für zwei.

Ich wartete also im Dunkeln; doch dann brachte mich die staubige Luft zum Niesen. Ausgerechnet in diesem Moment kam Kate vorbei. Natürlich war mein Aufenthaltsort nun verraten. Kate kroch auch gleich hinein. Sie saß – reichlich unbequem – auf den Golfschlägern, und ich ihr gegenüber auf dem einzigen freien Stückchen Fußboden. Es war klar, dass wir kein Wort sprachen, denn damit hätten wir Barney verraten, wo wir steckten. Wir konnten einander nicht sehen – die Glühbirne war ja kaputt. Aber ich wusste, dass Kate da war, und sie wusste, dass ich da war.

Während so jeder still in einer Ecke der dunklen Kammer saß, kamen mir verschiedene Gedanken. Manchmal geschieht es, dass man nach Wochen oder Monaten einer intensiven täglichen Gebetspraxis eine Zeit erlebt, in der man sich beim Beten der Gegenwart Gottes einfach sicher ist. Man sieht Gott nicht, man hört ihn nicht – und doch weiß man, dass er da ist. Es ist so ähnlich, wie wenn man mit jemandem, den man gern hat, im Dunkeln sitzt, ohne direkten Kontakt zueinander. Und doch spürt man eine gegenseitige Verbundenheit, eine reine, anmutige, schenkende Liebe. In solchen Momenten spüren wir die Gegenwart Gottes, die Gewissheit, dass er uns liebt. Und auch wir wollen Gott lieben. Ich weiß nicht, wie oft einem Menschen im Gebet so etwas geschieht. Es kann häufiger vorkommen oder auch nur einmal im Lauf vieler Jahre. Im Allgemeinen aber ist diese Erfahrung eingebettet in ein tägliches Bemühen darum, Herz und Verstand zu Gott zu erheben.

Das Gespür für die Gegenwart Gottes schließt die Überzeugung ein, dass wir ihn eines Tages sehen werden, wie er ist. In dieser Schau werden wir das Glück finden, für das wir geschaffen sind, das diese Welt uns aber nicht geben kann. Nach diesem Glück sehnen wir uns. Es gibt Erfahrungen so tiefen Glücks in der Gegenwart Gottes, dass man sie kaum begreifen oder in Worten ausdrücken kann. Ich weiß davon durch Menschen, die besondere Gnaden von Gott bekommen haben. Aber ich könnte nicht einmal sagen, dass ich diese Mystiker richtig verstanden hätte. Es wird wohl genügen, das wertzuschätzen, was andere berichten, und anzuerkennen, dass es verschiedene Gaben in der Kirche gibt. Wenn unsere Gabe anders sein sollte, braucht uns das nicht zu bekümmern. Überlassen wir es getrost Gott, uns die Gaben zu schenken, die er für uns selbst und für seine Kirche für notwendig hält.

Da Simons Vater neben der Tür saß und wir in der Kammer mucksmäuschenstill waren, hatte der arme Barney praktisch keine Chance, uns zu finden. Das gab mir die wunderbare Gelegenheit, meine Meditation fortzusetzen. Ich dachte einfach still darüber nach, dass die Zuneigung, die Kate – wie ich wusste – für mich empfand, ein Abglanz jener umfassenderen Liebe war, die Gott für jede und jeden von uns hat. Immer wieder habe ich darüber nachgesonnen, dass die menschliche Liebe uns dabei helfen kann, dem nachzuspüren, was „Liebe" bei Gott bedeutet. Ich gab mich diesem Gedanken weiter hin, bis ein erneuter Niesanfall meine Meditation jäh unterbrach. Sofort kam Barney herbeigesprungen. Damit war diese Runde vorbei.

Die Küche

Die Küche war kein besonders guter Ort für ein Versteck. Eigentlich kam nur die Speisekammer in Frage, aber dort hatte sich Barney schon einmal versteckt, und wir benutzten nur ungern denselben Ort zweimal. Denn das war ein Zeichen von mangelnder Phantasie, ganz abgesehen davon, dass es auch zu den ungeschriebenen Spielregeln gehörte. Jedenfalls war außer der Speisekammer das einzig mögliche Versteck in der Küche der Spalt zwischen der Tiefkühltruhe und dem Kühlschrank. Der Zwischenraum war nicht sehr groß, und Kates Versuch, sich hineinzuquetschen, nicht gerade erfolgreich. Ich fand sie sofort und setzte mich auf einen Küchenstuhl. So warteten wir darauf, dass Barney uns finden würde.

Die Waschmaschine lief. Fasziniert schaute ich zu, als wäre sie ein Fernseher. Freilich, viel Geistreiches konnte man dabei nicht erwarten. Ich zählte mit, wie oft mein dunkelroter Pyjama auftauchte –

Die Küche

ziemlich oft. Aber das konnte nicht Inhalt meiner Meditation sein. Meine Augen wanderten zur Geschirrspülmaschine. Ich war erstaunt, dass es so ein modernes Gerät in so einem alten Haus gab. Doch auch das regte mich nicht besonders zum Gebet an. Wenigstens lenkte mich die Spülmaschine weniger ab als die Waschmaschine; sie gab zwar gurgelnde Geräusche von sich, die ein wenig störten, aber sie behinderten mich nicht beim Nachdenken.

Mein erster Gedanke war ein Bedauern darüber, dass jemand die Geschirrspülmaschine überhaupt erfunden hatte. Miteinander abwaschen war doch eine so gute gemeinschaftliche Übung. Dadurch wurden Barrieren abgebaut. Denn alle zusammen waren ja damit beschäftigt, den Geschirrberg vom Abendessen und – meistens auch noch – den vom Frühstück abzuwaschen.

Hätte ich das nur nicht erwähnt. Was bin ich doch für ein Angeber! Denn wie oft hatte ich wohl selbst einmal abgewaschen? Ehrlich gesagt sehr selten. Dann hör auch auf, so zu reden, als wärst du ein Experte darin, schalt ich mich selbst. Wenn du nämlich jeden Tag abwaschen müsstest, würdest du bestimmt bald nach einer Spülmaschine schreien. Ja, vermutlich würde ich das.

Wenn ich jeden Tag Geschirr spülen, kochen und die Küche aufräumen müsste, könnte ich nicht beten. Ich hätte gar keine Zeit dazu. Vielleicht könnte ich mich erst am Abend fortstehlen, um etwas für mich zu sein und zu beten. Aber heißt das, dass ich Gott nur dann gefalle, wenn ich bete? Interessiert er sich womöglich überhaupt nicht für das Abwaschen, Kochen oder Aufräumen?

Und ob er sich für all das interessiert, sogar sehr! Schließlich heißt es in der Bibel im Buch Genesis,

Die Küche

dass wir den Erdboden bearbeiten, das Land bebauen, unsere von Gott verliehenen Gaben gebrauchen sollen, um die geschaffene Welt und das, was in sie hineingelegt ist, zur Entfaltung zu bringen. Arbeit, so lesen wir in diesem Buch auch, gehört zu unserem Menschsein; sie ist also etwas ganz Natürliches. Die Tatsache, dass wir „im Schweiße unseres Angesichts" die Arbeit zu verrichten haben, ist eine Folge der Sünde. In sich ist Arbeit etwas Gutes. Gott freut sich, wenn er uns bei der Arbeit sieht, wenn wir sein Schöpfungswerk fortsetzen. Keine Aufgabe ist zu gering oder unwichtig für ihn. In seinen Augen zählt alles, es sei denn, es ist durch die Sünde verdorben.

Noch aus einem anderen Grund hat Gott Gefallen an der Arbeit. Dreißig Jahre lang führte Jesus in Nazaret das Leben eines ganz gewöhnlichen Menschen. Sein Leben war so normal, dass die Leute staunten, als er zu predigen begann. Das ist doch der Sohn Josefs, sagten sie, wir kennen ihn!

Auch Jesus hat also gearbeitet. Im Haus der Heiligen Familie in Nazaret wurde sicher auch Geschirr gespült und gekocht. Diese dreißig Jahre des Lebens Jesu in der Verborgenheit wollen uns etwas ganz Wichtiges sagen. Der Weg, auf dem wir Gott dienen können, ist der ganz normale Alltag. Alles, was wir tun, kann und soll Ausdruck der Liebe sein. Hier kommt wieder das „Sakrament des gegenwärtigen Augenblicks" ins Spiel. Jederzeit können wir, was auch immer wir tun oder wo wir uns gerade aufhalten, ein kurzes Gebet an unseren Vater im Himmel richten. Sein Wille für uns kommt zum Ausdruck in den Pflichten, die wir im jeweiligen Moment zu erfüllen haben. Seinen Willen annehmen und tun ist Teil unserer Heiligung im Alltag. Hunderte, ja Tausende von Menschen, die still und unbemerkt ihr ganzes Leben so verbracht haben, sind auf diese Weise Heilige geworden, mögen sie auch nicht offiziell heilig gesprochen worden sein. Wir feiern ihr Fest jedes Jahr am 1. November.

Unsere Arbeit – egal in welchem Beruf und in welcher Funktion – erinnert den Vater im Himmel gewissermaßen daran, dass auch sein Sohn gearbeitet hat. Man könnte auch anders ansetzen und sagen: Die Taufe sagt uns, dass wir zur Familie Gottes gehören; Gottvater erkennt jede und jeden von uns als zu seiner Familie gehörig und ihm ähnlich. Als wir getauft wurden, sind wir sozusagen „christianisiert" worden – um einen alten Ausdruck zu gebrauchen –, das bedeutet, wir wurden gleichförmig mit Christus. Nicht mehr wir leben, sondern Christus

Die Küche

lebt in uns – wenn die Gnade in uns wirksam ist. Wir können uns also freuen, auch wenn wir an unsere Arbeit gehen. Es könnte sich ja der Himmel öffnen; wir könnten eine Stimme hören, die ausruft: „Du bist mein geliebter Sohn, meine geliebte Tochter, an dir habe ich Gefallen gefunden." Aber lassen wir dann bloß nicht den Teller fallen, den wir gerade in der Hand halten!

Wenn wir uns hin und wieder die Zeit nehmen, um auch im persönlichen Gebet mit Gott allein zu sein, hören wir vielleicht mit den Ohren des Glaubens seine Stimme, die zu uns spricht: „Ich freue mich über dich, und es gefällt mir, was du tust; genieße es und mach es gut."

Wir sind bestrebt, den Sonntag von den übrigen Wochentagen abzuheben. Das ist auch gut so. Der Sonntag sollte ein Tag sein, an dem das Gebet im Mittelpunkt steht (etwa durch die Teilnahme an der Eucharistiefeier), und ein Tag der Ruhe. An diesem Tag sollten wir besonders für die Familie und für unsere Freunde da sein. Ist das unzeitgemäß und überholt? Warum nicht unser sonntägliches Mittagessen teilen und uns freuen, wenn wir mit anderen zusammen sind? Ach, das klingt tatsächlich altmodisch. Leider.

Ich frage mich, wie oft mein Pyjama wohl noch in der Waschmaschine herumgedreht wird. Ob er einläuft? Vielleicht sollte ich ihn das nächste Mal mit der Hand waschen! Schließlich habe ich schon Hemden gewaschen, warum also nicht auch Pyjamas? Wenn ich es tue, werde ich versuchen, es aus Liebe zu Gott zu tun. Ich werde mich bemühen, diese alltägliche Hausarbeit zur Ehre und Verherrlichung Gottes zu verrichten – wie Jesus es getan hat. Ist das weit hergeholt? Keineswegs, es ist lediglich Ausdruck von gesundem Menschenverstand. Denn wäre nicht auch die alltägliche Arbeit Teil des göttlichen Plans für uns, dann wäre sie letztlich ihrer eigentlichen Bedeutung beraubt.

Unsere Arbeit wird dadurch geheiligt, dass wir sie Gott darbringen. Die Gaben, die zum Altar gebracht werden, stehen stellvertretend für uns und unsere Arbeit; sie sind „Früchte der Erde und der menschlichen Arbeit", wie es im Gebet heißt. Sie werden von Christus selbst dargebracht.

INTERMEZZO

Dieses Versteckspiel wurde mir langsam über. Ich weiß, dass das falsch ist, aber es ist auch nicht einfach, in meinem Alter mit dem Enthusiasmus und der Ausdauer zweier Kinder mitzuhalten.

Du musst auf deine Gesundheit achten, sagte ich mir! Deshalb machte ich es mir vor dem Fernseher bequem und ließ Kate und Barney allein weiterspielen. Ich schaltete den Fernseher an. Auf dem Bildschirm erschien eine lange Prozession von Männern, Frauen und Kindern, die müde und hungrig aussahen; es waren Flüchtlinge. Ein schrecklicher Anblick. Ich dachte: Betrifft diese Tragödie auch mich? Wenn ja, was sollte ich tun? Eine bestimmte Summe an eine Hilfsorganisation überweisen? Ja, das auf jeden Fall. Aber genügt das? Etwas in mir sagte: „Das ist nicht deine Sache", und dann – erstaunlicherweise – auf Latein: *„Num sim custos fratris mei?"* („Bin ich denn der Hüter meines Bruders?"). Bin ich das?

Viele, so kam mir, würden sagen, dass ich als Bischof dafür nicht verantwortlich sei. „Überlassen Sie die sozialen Belange den Sozialarbeitern und Politikern. Sorgen Sie lieber dafür, dass die Leute ihre Seele retten. Religion ist eine private, ganz persönliche Angelegenheit. Sie haben die Menschen den Glauben zu lehren (was Ihnen schlecht gelingt) und wie man betet (da haben Sie noch viel zu tun)." Ja gewiss gehört es zu meinen Aufgaben, die Wahrheiten des Glaubens zu vermitteln, die Menschen auf die zukünftige Welt vorzubereiten, über das geistliche Leben und über das Gebet zu sprechen. Aber ist das alles?

Während ich mich mit diesen Fragen auseinandersetzte, glaubte ich, einen Mann neben mir sitzen zu sehen. Um die Wahrheit zu sagen, ich war eingenickt. Der Mann war Teil meines Traums. Ich fragte ihn. „Was willst du mir sagen?" Er erwiderte: „Mach nicht denselben Fehler wie ich. Ich habe ein bequemes Leben geführt, war nur auf mein eigenes Wohlergehen bedacht. Nun muss ich zuschauen, wie glücklich der arme Lazarus ist, während es mir selbst miserabel geht. Jetzt bedaure ich sehr, dass ich in meinem Leben Menschen wie ihn nicht beachtet habe." „Und was hättest du tun sollen?", fragte ich. „Nun", antwortete er, „lies nach im Neuen

Intermezzo

Testament, 25. Kapitel des Matthäusevangeliums. Wenn du den Hungrigen zu essen gibst, die Obdachlosen beherbergst, dann tust du das für Christus selbst. Und wenn du es nicht tust, triffst du ihn damit. Wenn du eine weitere Bestätigung dafür brauchst, wie du auf das Gebot der Nächstenliebe antworten sollst, lies die Geschichte vom barmherzigen Samariter." Dann wachte ich auf. Der Mann war verschwunden. Ich war erleichtert, denn seine Gegenwart hatte in mir ein sehr unbehagliches Gefühl hervorgerufen. Er hatte so elend ausgesehen und so traurig geklungen.

Wieder wach, versuchte ich, meine Gedanken zu ordnen. Natürlich war es wichtig, Menschen in Not zu helfen. Ich werde ihnen Geld schicken, ihnen Kleidung und Decken zukommen lassen. Ist das alles? Dann erinnerte ich mich an die Soziallehre der katholischen Kirche, insbesondere an das, was die Päpste in den letzten hundert Jahren zu diesem Thema geschrieben haben. Fundament ihrer Aussagen ist die Würde der menschlichen Person. Schon allein deshalb, weil wir *alle* Menschen sind, haben wir uns gegenseitig zu respektieren und zu achten. Jedes Individuum hat einen unverlierbaren Wert, der niemals missachtet werden darf. Jeder Einzelne von uns ist nach Gottes Bild und Gleichnis geschaffen und kostbar in seinen Augen. Jeder Mensch zählt. Wir sind alle Glieder der einen Menschheitsfamilie; wir brauchen einander, wir sind abhängig voneinander. Diese gegenseitige Abhängigkeit nennt man Solidarität. Ja, ich sollte über das Elend der anderen weinen. Morgen werde ich einen Scheck ausstellen ...

Nach diesem Entschluss – ich glaubte, nun alles getan zu haben, was ich konnte –, nahm ich beiläufig eine alte Ausgabe einer Zeitung zur Hand, um mir die Zeit zu vertreiben. Zunächst zog die Sportseite meine Aufmerksamkeit auf sich. Bedeutende Dinge hatten sich in meiner Heimatstadt ereignet. Dann warf ich einen Blick auf die Titelseite. Das lächelnde Gesicht eines dreizehnjährigen Mädchens mit Namen Sandra machte mich betroffen. Sie sah genauso hübsch aus wie ihre Freundin neben ihr. Aber Sandra hatte einen Fuß verloren. Sie gehört zu den etwa 70.000 Menschen, die Opfer einer der zwölf Millionen heimtückischer Landminen geworden sind. Wäre Sandra nicht auf die Titelseite der Zeitung gekommen, wäre sie nichts als eine Nummer in der Statistik gewesen. Doch sie könnte die Tochter von jemandem von uns sein oder meine Schwester. Sie ist eine von uns. Sie kann genauso verletzen und verletzt werden wie wir. Sie lacht und weint wie jeder andere Mensch auch. Sandra geht mich etwas an, einfach weil sie ein Mensch ist wie ich.

Ich überlegte weiter. Nein, nur einen Scheck zu schicken ist nicht genug. Ich muss (wie jeder andere auch!) alles in meiner Macht Stehende tun, um zu verstehen – und dann die Ursachen von Armut und Elend beseitigen helfen. Man kann die Symptome behandeln oder aber die Krankheit von der Wurzel her zu heilen versuchen. Ich werde mich also weiterhin um Lebensfragen, um Obdachlosigkeit, Arbeitslosigkeit oder Armut sorgen und diese Dinge ansprechen. Ich werde mich auch weiterhin um gerechte Handelsbeziehungen sorgen oder auf die Mängel hinweisen, unter denen besonders die Entwicklungsländer zu leiden haben. Ich werde tun, was ich kann, damit etwas gegen die internationale Verschuldung unternommen wird, die den Ländern der Dritten Welt große Schwierigkeiten bereitet, ich werde mich engagieren für die Ächtung von Landminen, gegen die Ausbeutung von Menschen und der Umwelt.

Den Nächsten lieben wie sich selbst muss zum Engagement für nötige Veränderungen führen. Wenn es darum geht, ungerechte Strukturen zu ändern, haben die Politiker und Experten, alle, die Macht ausüben, eine besondere Verantwortung. Sie müssen für das Gemeinwohl sorgen – für jene Gesamtheit gesellschaftlicher Bedingungen, die es den Einzelnen ermöglicht zu verwirklichen, was in ihnen steckt. Es stimmt: Religion ist etwas zutiefst Persönliches. Aber eine Privatangelegenheit ist sie nie.

Meine Überlegungen gingen noch weiter: Als Bischof werde ich mich davor hüten, mich in parteipolitische Auseinandersetzungen verwickeln zu lassen. Ich werde nicht so tun, als wüsste ich immer, welche Strategie anzuwenden ist, um das Gemeinwohl zu fördern. Das ist sicher nicht meine Aufgabe als Kleriker. Aber ich kann nicht umhin, mich um das Wohlergehen der Menschen zu sorgen. Ich sollte die Verantwortlichen drängen, geeignete Schritte im Sinne des Gemeinwohls zu unternehmen, und dabei besonders die schwächsten und verletzlichsten Glieder der Gesellschaft im Blick haben.

Nicht jeder von uns verfügt über die entsprechenden Mittel, um die Not der Mitmenschen zu lindern, vor allem wenn diese in einem fernen Land leben. Aber diejenigen, die solche Mittel haben, sollten sie auch einsetzen. Für die anderen geht es unter anderem darum, sich um eine positive Atmosphäre in der Gesellschaft zu bemühen, damit konkret geholfen wird, wenn Menschen leiden oder die menschliche

Würde bedroht oder verletzt wird. Wir alle sind gefragt, als Einzelne, in Gruppen oder in ehrenamtlichen Vereinigungen dazu beizutragen, die menschliche Not zu lindern, der wir begegnen. Das ist eine Forderung des Evangeliums. Unser gemeinsames Menschsein gebietet es. Der gesunde Menschenverstand verlangt es.

Ich konnte mich kaum von meinem Lehnstuhl losreißen. Er war so bequem, und ich fühlte mich behaglich. Wie sehr wünschte ich, ich wäre weniger auf mein eigenes Wohlergehen bedacht und mehr auf das der anderen! Doch es ist nie zu spät, damit anzufangen. Ich lege keinen Wert darauf, mich zu dem Mann aus dem Traum zu gesellen und es ihm gleich zu tun. Ich denke lieber an Lazarus, besonders wenn er obdachlos ist, wenn er – gerade aus dem Gefängnis entlassen – nicht weiß, wo er hingehen kann, oder wenn er auf eine Landmine getreten ist. Ich werde sehen, was ich tun kann.

Der Nebel

Eigentlich war mir von vornherein klar, dass das, was ich nun tat, falsch war. Denn wie ich bereits erwähnt habe, gibt es unter Versteckspielern das ungeschriebene Gesetz, sich nie an ein und demselben Ort zweimal zu verstecken. Doch gerade das, so meine Überlegung, würde mir eine ordentliche Ruhepause verschaffen. Außerdem hoffte ich, dass Barney und Kate es mir nachsehen würden, dass ich wieder hinter den Vorhang verschwunden war; es versteckte sich dort halt so gut. Vermutlich würden sie mich nicht finden. Das war eine einmalige Chance, mein Gebet fortzusetzen.

Ein Blick aus dem Fenster verriet mir, dass der Nebel immer noch sehr dicht war. Als ich das erste Mal dort hinter dem Vorhang stand, hatte sich der Nebel plötzlich gehoben, sodass ich in den Garten sehen konnte. Mir war klar geworden, dass uns auch im geistlichen Leben manchmal eine Art Nebel von Gott zu trennen scheint, der sich ab und zu ein

Der Nebel

wenig lichtet, so dass wir etwas sehen, das uns an Gott erinnert. Die Schönheit des Gartens hatte zu mir von der Schönheit gesprochen, die Gott selbst ist.

Jetzt lenkte mich der Nebel in eine ganz andere Richtung. Immer wieder geschieht es, dass Menschen, die ein gutes Leben führen, die ihr Bestes tun, um zu beten und Gott zu dienen, dunkle Zeiten durchmachen. Dann fühlen sie sich verlassen. Der Nebel um sie herum ist undurchdringlich; sie haben keinen Durchblick mehr, sind aufgewühlt, innerlich leer und haben den inneren Frieden verloren. Sie sehnen sich danach, dass jemand kommt, der ihnen hilft in dieser Dunkelheit und Kälte. So suchen sie Halt in geistlichen Büchern oder bei einem geistlichen Begleiter – doch alles ist vergeblich.

Man kann es auch anders machen. Stellen wir uns ein Schaf vor, das sich vom Rest der Herde entfernt hat und sich in einem Dornbusch verheddert. Je mehr es versucht, sich zu befreien, desto mehr verstrickt es sich. Wenn sich dann auch noch dichter Nebel über das Land legt und dem Schaf die Sicht nimmt, fühlt es sich von allen verlassen und abgeschnitten. Der Kampf mit den Dornen hat es völlig entkräftet. Stellen wir uns weiter vor, wie plötzlich durch den Nebel die Stimme des Hirten dringt. Das Schaf kann ihn nicht sehen, aber nun weiß es, dass nach ihm gesucht wird. Der Hirte findet das Schaf und befreit es aus den Dornen. Ja, er nimmt es sogar auf seine Schultern und trägt es zurück ins Licht und in die Wärme, wo weder Nebel noch Kälte herrschen.

Vielen von uns, die sich intensiv um das Gebet bemühen und Gottes Willen zu erfüllen suchen, ergeht es ähnlich wie oben beschrieben: Wir fühlen uns umnebelt und aufgewühlt, einsam und leer. Vielleicht ist das notwendig, um zu begreifen, dass wir uns helfen lassen sollen. Wir müssen Geduld lernen und warten können. Vielleicht dauert es lange, bis wir im Wust unserer Probleme erkennen, welche Richtung wir einschlagen sollen.

Jesus nennt sich selbst den „Guten Hirten"; von ihm stammt das Gleichnis vom verlorenen Schaf. Oft fühle auch ich mich wie dieses Schaf. Dann versuche ich die Ruhe zu bewahren und warte darauf, dass der Hirte mich findet. Meine Geduld und mein Vertrauen auf sein Kommen freuen ihn. Ich hätte auch in Büchern nach einem Ausweg suchen oder mich an einen erfahrenen geistlichen Begleiter wenden können, aber ich weiß nicht, ob ich auf diese Weise eine Lösung gefunden hätte. Natürlich kann Gott auch durch ein Buch oder durch einen Menschen zu uns sprechen. Aber manchmal lässt er uns warten, allein und verwirrt. In diesem Läuterungsprozess werden wir dahin geführt, uns weniger – wenn überhaupt – auf uns selbst zu verlassen, sondern uns loszulassen in Gott hinein. „Vater, in deine Hände lege ich meinen Geist", hat Jesus am Kreuz gebetet. Diese Worte können uns helfen, wenn wir selbst in großer Not sind. Mit diesem Gedanken im Herzen betete ich hinter dem staubigen Vorhang: „Herr, ich bitte dich, such weiter nach mir; ich warte darauf, dass du mich findest."

Der Arzneischrank

Langsam gingen uns die Verstecke aus. Vermutlich hätten die beiden anderen das Badezimmer für unpassend gehalten. Ich wählte es trotzdem. Während ich darauf wartete, gefunden zu werden, wurde mir die Zeit lang. Das einzig Interessante in einem Badezimmer ist der Arzneischrank. Ich öffnete ihn, überlegte es mir dann aber wieder anders. Ein Arzneischrank ist etwas Persönliches, und es geht keinen etwas an, welche Wehwehchen man hat. So machte ich den Schrank wieder zu und fragte mich, womit ich diesmal mein Gebet beginnen sollte. Wohl nicht gerade damit, über einen Arzneischrank nachzudenken. Schließlich ist er nicht dafür erfunden worden, das Gebet zu inspirieren. Er hat nur eine ganz eingeschränkte Funktion. Klingt das nicht etwas geringschätzig? So schien denn auch dieser Arzneischrank zu murren: „Und wo gehst du hin, wenn du Kopfweh hast? Dann kommst du doch zu mir gerannt, um an die Wunderpille zu

Der Arzneischrank

kommen, die deinem Kopf Erleichterung bringt." Es stimmt schon, ich sollte dankbar sein, dass es einen Arzneischrank gibt mit all den angebrochenen Fläschchen und ungebrauchten Tablettenschachteln, die in einem leichten Anflug von Panik in der Apotheke um die Ecke gekauft worden waren. „Denk einen Augenblick über mich nach", meinte ich den Arzneischrank sagen zu hören, „ich habe eine Botschaft für dich." Das tat ich denn auch.

Der Arzneischrank rief mir einen wichtigen Aspekt des Lebens in Erinnerung. Bisher habe ich noch keine großen Schmerzen oder ein besonderes Leid zu tragen gehabt. Mir geht es nicht so wie Frau C. von nebenan, die seit dreißig Jahren im Rollstuhl sitzt. Auch wurde ich nicht mit einer körperlichen Behinderung geboren, die das Gehen erschwert und das Laufen unmöglich macht. Ich habe lediglich den üblichen Schnupfen, mal ein Stechen hier oder einen Schmerz dort. Das aber soll dann jeder wissen. „Du bist wehleidig", sagte mir erst neulich wieder jemand. Er hat Recht, ich bin es wirklich.

Bei Menschen, die ich im Krankenhaus besuchte, habe ich Mut und Heiterkeit erlebt. Die Kranken, mit denen ich in Lourdes war, kann ich nur bewundern. Ihre Geduld und Güte sind die wirksamsten Predigten, die ich je gehört habe. „So müsste man sein", sagte ich mir. Was ist ihr Geheimnis? Sie haben gelernt, den Willen Gottes anzunehmen. Da kam mir eine Frage in den Sinn, die immer wieder gestellt wird: Warum sollte Gott wollen, dass einige Menschen so leiden müssen, und das vielleicht ein ganzes Leben lang? Gottes Wege sind nicht unsere Wege. Wir kennen seine Pläne nicht, und so vieles verstehen wir nicht.

Was können uns die Kranken und Leidenden lehren? Ich glaube, sie haben eine ganz besondere Berufung. In ihrem Schmerz und Leid verkörpern sie das Leiden Christi; sie nehmen Teil an seiner Passion. Paulus hat einmal geschrieben, dass wir in unserem Leben ergänzen, was an den Leiden Christi noch fehlt (vgl. Kol 1,24). Ich habe nie richtig verstanden, was er damit meint. Trotzdem ist mir klar, dass es etwas sehr Wichtiges sein muss. Jesu Leiden war notwendig für uns. Auch hier berühren wir etwas, das nicht ganz zu begreifen ist. Jesu Leiden war Teil seines Erlösungswerks. Und jeden und jede von uns bittet er, ihm bei diesem Werk zur Seite zu stehen, die einen mehr, die anderen weniger, früher oder später jeden. Noch etwas sollte man bedenken: Jesus hat unser Leid, unsere Schmerzen geteilt; dadurch hat er sie geheiligt und ihnen einen Sinn gegeben. Wir sollen lernen, die kleinen Wehwehchen des Alltags anzunehmen. Es ist gar nicht so leicht, Gott danken zu lernen für die Schmerzen im Fuß (nein, es war nicht die Gicht) oder die Halsschmerzen, die das Schlucken so beschwerlich machen. Ich kann mich zum Beispiel nie damit abfinden, wenn ich mal das Bett hüten muss; immer meine ich etwas Wichtigeres zu tun zu haben. Herr, ich muss wirklich lernen, die kleinen Schmerzen zu akzeptieren und dir dafür zu danken. Dann werde ich auch für die großen bereit sein oder zumindest nicht ganz unvorbereitet.

Wenn ich in einem ruhigen Moment über Leid und Schmerz nachsinne, scheint es mir etwas übertrieben, meine Wehwehchen mit der Passion Christi zu vergleichen. Dann aber sage ich mir, dass in den Augen Gottes nichts zu klein oder unbedeutend ist. Mein Kreuz mag vielleicht nicht so schwer sein, aber es ist immer ein Kreuz, und zum Glück weiß ich, dass Christus es mir tragen hilft, so wie einst Simon von Cyrene ihm geholfen hat.

Ja, Herr, ich bewundere die chronisch Kranken, die ihr ganzes Leben lang mit Einschränkungen zurechtkommen müssen, diejenigen, die durch das Leiden gereift sind und nicht zornig oder verbittert

wurden. Ich ließ meinen Gedanken freien Lauf und bat Gott, mir zu helfen, nicht so „wehleidig" zu sein, sondern das Leid bereitwillig anzunehmen, wenn es kommt, selbst wenn mich großes Leid heimsuchen sollte. Gerade um dieses Letztere zu beten war schwer, aber ich habe versucht, es ehrlichen Herzens zu tun. Ich habe besonders darum gebeten, mit den Augen des Glaubens den Wert des Leidens, das mir und anderen widerfährt, sehen zu können. So betete ich ... – bis mein Gebet plötzlich von einem lauten Schrei unterbrochen wurde. Es war Barney. Ich rannte zur Badezimmertür und rief: „Was ist passiert, Barney?" Weinend kam er daher; er hatte sich das Knie aufgeschürft. Es war nichts Ernstes, aber er weinte. Ich sagte: „Um Himmels willen, Barney, hör schon auf." Ich hätte zu ihm sagen wollen: „Denk daran, dass Jesus auch gelitten hat!" Aber er ist noch zu klein, um das zu verstehen.
In diesem Moment wurde mir wieder einmal klar, dass ich ein Angeber bin. Ich habe das nämlich auch nicht verstanden.

Der Tod

Barney führte sich wirklich unmöglich auf mit seinem aufgeschürften Knie. Ich suchte im Arzneischrank nach einem Pflaster, aber es gab natürlich keines in der richtigen Größe; nie ist das Richtige da, wenn man es braucht. So verschwand Barney, um seine Mutter zu suchen. Damit war unser Spiel für den Moment unterbrochen. Mir war das nur recht. So konnte ich weitermeditieren. Ich beschloss also zu bleiben, wo ich war – im Badezimmer.

Ich hatte über die Krankheit nachgedacht und zu verstehen versucht, dass die kleinen, aber lästigen Schmerzen sehr wohl zum geistlichen Leben dazugehören. Ein anderes Mal hatte ich in meinen Überlegungen alles versucht, den Gedanken an den Tod zu verdrängen. Aber das gelingt nur zum Teil, besonders wenn die größte Lebensspanne bereits hinter einem liegt.

Normalerweise ist der Gedanke an den Tod mit Angst und Entsetzen verbunden. Das liegt wohl daran, dass der Tod etwas völlig Unbekanntes für uns ist, weil wir vor dem Todeskampf zurückschrecken, der uns vielleicht erwartet, oder weil wir den medizinischen Apparaten, an die unser Körper vielleicht einmal angeschlossen ist, hilflos ausgeliefert sein werden. Wenn es ganz schlimm kommt, werden wir gepackt von der weit verbreiteten Angst, dass mit dem Tod alles aus ist und es keine Zukunft für uns gibt. Dazu kommt ein anderer quälender Gedanke – der Gedanke, schnell vergessen zu sein, keine Biographie wert, wenn's hoch kommt eine kurze Mitteilung in einer Zeitung, vielleicht im Gedächtnis behalten von Menschen, die uns wirklich geliebt haben und uns vermissen. Doch manche können nicht einmal darauf hoffen. In besonders tristen Momenten denke ich, wie erleichtert manche über mein Hinscheiden wären. Ich mache mir auch Gedanken darüber, mit wie wenig Verständnis ich manche Menschen behandelt habe, wie selbstsüchtig ich bin ... Aber ich lasse es lieber, hier weiter meine Fehler aufzuzählen; es ist doch etwas peinlich. „Vergiss nicht", sagte einmal ein bedeutender Abt, „wenn du stirbst, wird irgendjemand erleichtert sein."

Der Tod

Was für trübsinnige Gedanken doch der Tod auslöst! Vielleicht ist es eine instinktive Reaktion des Menschen, wenn der Tod ihn mit Entsetzen erfüllt und ihm Angst einjagt. Solche Gedanken können einen in einer schlaflosen Nacht geradezu verfolgen. Die Dunkelheit der Nacht gesellt sich zu der Dunkelheit, die in uns ist, wenn Depression oder Furcht die Oberhand über uns gewinnen wollen – aber das sollte nicht passieren.

Herr, Tod bedeutet Schmerz, und das muss so sein, denn der Tod ist eine Folge der Sünde. Niemandem bleibt er erspart. Aber ganz bestimmt ist Jesus nicht einfach nur deshalb gestorben, um diesen Aspekt unseres Menschseins mit uns zu teilen. Er starb auch, um im Tod einen Durchgang zu öffnen. Er hat den Tod überwunden, indem er die Sünde, die ihn verursacht hat, auf sich nahm. Er ist vom Tod auferstanden, er lebt und tritt für uns ein. Tod, wo ist nun dein Stachel? Im Blick auf den Tod hilft uns der Glaube weiter; er kann uns sogar helfen, mit diesem Feind Freundschaft zu schließen. Die Vernunft kommt nicht so weit. Wie Jesus vor uns, werden auch wir sterben und von den Toten auferstehen. Doch vielleicht ist der Glaube nur eine Selbsttäuschung, um die Stimme in uns zum

Schweigen zu bringen, die uns einredet: „Es gibt keinen Gott, du hast keine Zukunft." Aber da gibt es noch eine andere Stimme, die in uns spricht. Nicht jene, deren Einflüsterungen uns niederdrücken und Angst machen. Nein, diese Stimme hat eine andere Botschaft: „Du hast so viele Menschen in deinem Leben geliebt; du hast dich so danach gesehnt, vollkommene Freude und Erfüllung zu finden; du sollst nicht enttäuscht werden, es soll dir das nicht verweigert werden, was du dein Leben lang gesucht hast." Wo der Verstand nicht weiterkommt, trägt uns der Glaube. Der Verstand kann uns nicht beweisen, dass es bei aller Sehnsucht, trotz Leid und Enttäuschung einen Ort gibt, wo wir Erfüllung finden, wo unsere Träume wahr werden. Aus dieser Hilflosigkeit des Verstandes kann nur der Glaube erretten. Etwas in uns spricht von Hoffnung, von einem Leben nach dem Tod. Wie in der Tierwelt ist auch bei den Menschen der Überlebenstrieb stark ausgeprägt. Wir wollen weiterleben; davon können uns höchstens Depressionen oder Erschöpfung abhalten, aber auch die Angst, dass es kein Weiterleben gibt. Der Verstand sagt lediglich: Es könnte sein, oder: Es muss einfach sein. Aber der Glaube bezeugt: Es *ist* so. Ja, es gibt ein Leben nach dem Tod. Unser Überlebenstrieb ist keine Irreführung, sondern ein echtes und berechtigtes Verlangen. Wie könnte es auch anders sein, da er von Gott gegeben ist? Der Glaube bestätigt, was der Instinkt erahnt.

Wir sind dazu geschaffen, einmal für immer in der Anschauung Gottes zu leben, ihn zu sehen, wie er ist, von Angesicht zu Angesicht; wir werden außer uns sein vor Freude, im immerwährenden „Jetzt" vollkommener Glückseligkeit.

Einmal machte ich einen Besuch im Krankenhaus. Denn ich hatte gehört, dass eine bestimmte Person im Sterben lag. Ich stand vor dem Bett jenes Menschen; er war angeschlossen an verschiedene Apparate. Eine Sauerstoffmaske bedeckte sein Gesicht; das behinderte sein Sehen und Hören. Ich sprach ihn an: „Bald fahre ich nach Lourdes, dort werde ich für Sie beten." Ein Lächeln huschte über sein Gesicht. Er hatte verstanden. Dann ging ich wieder. Er schien so einsam, von allen verlassen, als einzige Begleiter die Apparate. „Schrecklich!", dachte ich. Dann wurde mir klar, dass er auch in dieser Situation von Liebe umgeben war, denn Gott ist überall und Gott ist die Liebe. Schließlich ist er sanft in eine andere Welt hinübergeglitten, um dem zu begegnen, dessen Liebe das Einzige ist, was zu besitzen lohnt.

Jetzt habe ich keine Angst mehr vor dem Tod. Ich freue mich auf diesen Freund, der mich in eine Welt führt, in der auch meine Eltern, mein Bruder und andere Verwandte leben – und meine Freunde. Ich werde die sehen, die mich in meinem monastischen Leben geformt haben; ich werde Abt Byrne wiedersehen, Anthony, Kenneth, David, Barnabas, Hubert, James, Denis, Robert, Peter, Walter, John und viele andere. Ich freue mich darauf.

Epilog

Gewiss haben Sie erraten, worauf ich in diesem Buch hinaus will. Wir selbst spielen ja auch oft Verstecken; nicht mit Kate und Barney und wahrscheinlich auch nicht mit anderen Kindern, aber mit Gott. Nicht, als würde er sich vor uns verstecken, vielmehr verstecken wir uns vor ihm.

Er dagegen ist auf der Suche nach uns, er möchte uns finden. Vielleicht verstecken wir uns, weil wir es nicht ertragen würden, wenn er uns fände. Das Leben ist ja so viel bequemer. Wir brauchen sonntags nicht in die Kirche zu gehen, brauchen nicht zu beten. Vielleicht reden wir uns sogar ein, dass Gott nicht nur nicht nach uns Ausschau hält, sondern dass er überhaupt nicht existiert!

Und doch, er sucht beständig nach uns – überall. Und warum? Weil er in eine innige Beziehung zu uns treten möchte.

Was gibt mir die Berechtigung, das zu sagen? Gott selbst. Philippus hatte einmal zu Jesus gesagt: „Herr, zeig uns den Vater; das genügt uns" (Joh 14,8). Bereits an anderer Stelle habe ich diesen Text erwähnt. Aber er ist meiner Ansicht nach so wichtig, um zu verstehen, wer Gott ist, dass ich noch einmal darauf zurückkomme. Jesus antwortete Philippus: „Schon so lange bin ich bei euch, und du hast mich nicht erkannt? Wer mich gesehen hat, hat den Vater gesehen: Wie kannst du sagen: Zeig uns den Vater?" Und weiter: „Glaubst du nicht, dass ich im Vater bin und dass der Vater in mir ist? Die Worte, die ich zu euch sage, habe ich nicht aus mir selbst ... Glaubt mir doch, dass ich im Vater bin und dass der Vater in mir ist" (Joh 14,9-11).

Über diese Worte sollten wir häufig nachsinnen und mit Gott sprechen. Jesus offenbart uns in seinen Worten und Taten, in seinem ganzen Verhalten, wie Gott ist, denn Jesus ist Gott und Mensch. Auf menschliche Weise vermittelt er uns die Gedanken Gottes.

Schauen wir auf diesem Hintergrund ins Lukasevangelium; dort gibt es eine wunderbare Stelle, an der wir ablesen können, wie sehr Gott auf der Suche nach uns ist. Im 15. Kapitel werden drei Geschichten erzählt. Da ist einmal die Rede von einem Hirten, der sich auf die Suche nach einem verloren gegangenen Schaf macht; dann erfährt man von einer Frau, die ihr ganzes Haus auf den Kopf stellt, um eine Münze wiederzufinden, die ihr abhanden gekommen ist; und schließlich kann man von einem eigensinnigen Sohn lesen, der nach vielen Abenteuern und Enttäuschungen zu seinem Vater zurückkehrt.

Dieses 15. Kapitel beginnt mit einer sehr tröstlichen Beobachtung des Evangelisten. Er schreibt nämlich: „Alle Zöllner und Sünder kamen zu Jesus, um ihn zu hören. Die Pharisäer und die Schriftgelehrten empörten sich darüber und sagten: Er gibt sich mit Sündern ab und isst sogar mit ihnen" (15,2). Niemand kann also seine Unwürdigkeit als Entschuldigung vorschieben dafür, dass er sich vor Gott versteckt.

Eigentlich hätte der Hirte in der ersten Geschichte nie und nimmer die 99 Schafe, die bei ihm in Sicherheit waren, allein zurücklassen und so riskieren dürfen, weitere zu verlieren. Es musste ihm doch zuerst darum gehen, seine Verluste möglichst gering zu halten. Sein Tun ist auf den ersten Blick einfach unverantwortlich. Daran können wir ablesen, wie beharrlich Gott in seinem Wunsch ist, jeden

Einzelnen von uns zu finden, wie wichtig ihm die Menschen sind. Er will auch nicht einen Einzigen verlieren. Wir sind so kostbar wie jene Münze, die die Frau im Gleichnis mit solcher Intensität gesucht hat. Vielleicht hatte diese Münze nur einen geringen Geldwert, und doch bedeutete sie ein Vermögen für die Frau. So viel sind wir Gott wert.

Die Geschichte vom verlorenen Sohn lehrt uns noch etwas anderes. Gott sucht nach uns, aber er zwingt uns nicht. Wir brauchen uns auch nicht von ihm finden zu lassen, wir sind frei, zu ihm zurückzukehren oder nicht. Der Vater in diesem Gleichnis wartet auf die Rückkehr seines Sohnes. Und eines Tages sieht er, wie sich dieser dem Haus nähert.

„Der Vater sah ihn schon von weitem kommen, und er hatte Mitleid mit ihm. Er lief dem Sohn entgegen, fiel ihm um den Hals und küsste ihn" (Lk 15,20).

Dieser Vers sagt mir mehr als viele andere Stellen in der Bibel, wie Gott ist. Es ist gut, ihn immer und und immer wieder zu lesen, bei ihm zu verweilen. Bitten wir den Heiligen Geist, uns diese Worte mit seinem Licht zu erhellen. Dann wird uns das Herz aufgehen, es wird uns warm ums Herz werden.

Epilog

Wenn das geschieht, haben wir uns bereits von Gott finden lassen, und wir werden nicht mehr wünschen, uns wieder zu verstecken.

Oft machen wir aber auch die andere, entgegengesetzte Erfahrung. Es scheint uns, als hätte sich Gott vor uns verborgen. Wir ertappen uns bei der Frage: Warum ist das so? Habe ich Gott missfallen? Bin ich in Ungnade gefallen? Habe ich die Beziehung zu ihm vernachlässigt? Vielleicht trifft das eine oder andere sogar zu, aber es kann auch sein, dass man Gott wirklich nicht missfallen wollte und sich auch keiner absichtlich begangenen schweren Sünde bewusst ist. Und dann? Es ist so: Wenn Gott uns einmal gefunden hat, beginnt er seinerseits, mit uns Verstecken zu spielen. Er möchte nämlich, dass wir uns von neuem auf die Suche nach ihm begeben, so als hätten wir ihn noch nicht gefunden. Gott, der Liebende, möchte, dass wir, die Geliebten, ihn suchen. Und dann werden wieder die Rollen getauscht: Wir, die Gott Suchenden, werden von Gott Gesuchte. Versteckspielen ist also ein Spiel auch für Liebende, nicht nur für Kinder; es ist ein Spiel zwischen uns und Gott. Manchmal werden wir diejenigen sein, die auf die Suche gehen nach ihm, und manchmal wird es so sein, dass er nach uns sucht.

Es ist so, als würde Gott uns die Worte des Philosophen Pascal aus dem 17. Jahrhundert zuflüstern: „Sei getrost, denn du könntest mich nicht suchen, wenn du mich nicht schon gefunden hättest." Ja, er sagt zu uns: „Ich will dich; selbstverständlich will ich dich, und ich weiß, dass du mich willst. Mach dich auf die Suche, und du wirst mich ganz bestimmt finden."

Vom selben Autor:

Basil Hume
SELIG DIE SUCHENDEN
Texte für Menschen
auf dem Weg

128 Seiten, gebunden,
ISBN 3-87996-525-0

Weitere Bücher aus der Reihe SAATKÖRNER:

Waltraud Herbstrith
IN DER TIEFE
SIND DIE WASSER RUHIG
Impulse für ein Leben aus spiritueller Tiefe
Texte der bekannten Karmelitin. Mit 15 Farbfotos.
96 Seiten, gebunden, ISBN 3-87996-510-2

Chiara Lubich
ERST IN DER NACHT
SIEHT MAN DIE STERNE
Texte tiefer Zuversicht für schwere Zeiten.
Mit 12 Farbfotos.
96 Seiten, gebunden, ISBN 3-87996-505-6

VERLAG NEUE STADT **MÜNCHEN · ZÜRICH · WIEN**